ふたごの魔法使い ②

空飛ぶ岩とドラゴン

［原作］ミリアム・ボナストレ・トゥール
［訳］中井はるの

Gakken

2

HOOKY #1 by Míriam Bonastre Tur

Copyright © 2015, 2022 by Miriam Bonastre Tur

and WEBTOON Entertainment Inc.

Published by arrangement with HarperCollins Children's Books,

a division of HarperCollins Publishers,

through Japan UNI Agency, Inc., Tokyo

A Digital Version of HOOKY was originally published on Webtoon in 2015

『ふたごの魔法使い』物語について

これまでの物語

魔法使いと人間が対立している世界——。ふたごの魔法使い、エレナとエドは、人間のモニカ王女やニコと出会い、友情を育む。だが、水面下で大人たちの対立は激化し、まさに戦いが始まろうとしている。また、魔法使いたちの集会が開かれ、新しい王がだれか、発表されようとしていた。

主な登場人物

エレナ

12歳の魔法使い。エドとはふたごで、姉。明るく社交的。魔法で失敗しがち。

エド

12歳の魔法使い。エレナとはふたごで、弟。ホウキに乗るのが苦手。

モニカ王女

ある国の王女。自分の力で、ウィリアム王子を助けたいと考えている。

ニコ

町で育った少年。友だち思いで心やさしい。魔法の力で、体が小さくなっている。

マーク

町にあるカフェの店長の息子。店を手伝っている。ニコをよく知っている。

エリック

モニカの父である王に仕えていて信らいもあつい。魔法を使いこなす、なぞの存在。

ウィリアム王子

モニカの婚約者。魔法使いにとらえられている。実はエドとエレナは会っていて——。

ペン・ドラゴン

有名な予言者。ニコやエレナ、エド、モニカを家に住まわせ、魔法を教える。

目次

1章 ◆ 空飛ぶ岩へ！[007]

2章 ◆ 魔法集会 [018]

3章 ◆ 思わぬ再会 [027]

4章 ◆ ドラゴンがあらわれる [034]

5章 ◆ エドの秘めた力 [051]

6章 ◆ ふたごとエリック [061]

7章 ◆ モニカのうそ [076]

8章 ◆ 魔法は使わない [082]

9章 ◆ 舞踏会に向けて [095]

10章 ◆ それぞれの思い [101]

11章 ◆ ニコの思い出 [109]

12章 ◆ ニコにかけられた魔法 [122]

13章 ◆ さあ、舞踏会へ [134]

14章 ◆ だれが悪者か？[145]

15章 ◆ 魔法の力が最大になる時間 [156]

16章 ◆ 魔法使いと人間 [165]

17章 ◆ 悪夢と真実 [177]

18章 ◆ 魔法使いの新王はだれ？[189]

◆ ふたごの魔法使い　～スペシャルストーリー～ [195]

◆ 魔法道具と、ふしぎな生物 [206]

◆ 訳者の言葉／3巻予告 [207]

1章　空飛ぶ岩へ！

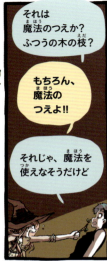

たぶんもう空飛ぶ岩にいる

ニコ どういうことだ?

あ、あの

二人を見張る役目のはずじゃ。

失望したぞ

もう手おくれじゃ。

機会をみて二人を殺しておくべきじゃった

もし、二人がやつらに協力したら

われわれはみな、死ぬ

~エドとエレナ~

家の近くまでもどって来たね

うん

どうしたの?

これでいいのか、わからないよ…。

パパとママはもう魔法集会に行ってるかも

パパたちがいないなら魔法集会に

行ったと思う…。

ちょっとのぞきに行く?

家にあるもっといいつえを取りに行きたい

そのつえでいいでしょ!

これ?

そうよ。

なくさないようにして

～マスターとモニカ～

2章　魔法集会

ウソを
つかないで！

二人は、だれかを
傷つけることなんか
しない！

いや、確実に
二人のどちらかじゃ。

ワイト一族の
魔力は強力。

どちらかが次の
リーダーに選ばれても
ふしぎではない

エレナが
かけた魔法は
だれもやぶれない

エドは
いかなる魔法も
すぐに覚える。

そんな者は
ほかにおらん

マスター、二人を
止めようとしなかったの？

むろん、
止めようとした

はじめは、なかなか
近づくすべがなかった

水晶で未来を見て
二人がバスに
乗りそびれる時が、
チャンスだと気づいた

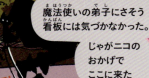

魔法使いの弟子にさそう
看板には気づかなかった。

じゃがニコの
おかげで
ここに来た

何も起こらぬうちに
毒を盛ろうとも思った

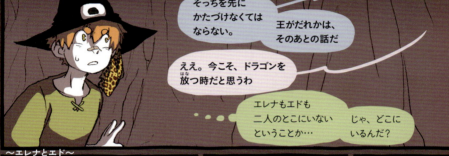
～エレナとエド～

まちがって落ちたら最悪だ

5章　エドの秘めた力

う…

エレナ！
ここはどこなの？

モニカの部屋だよ。
でも、ぼくらがどうして
ここにいるのか…

マスター、だめよ！
この部屋に入るのは、
だめ！

手を出さないで
マスター！

王女さま…。

水晶玉をいっしょに
ごらんになられていたら
あなたは止めないはずじゃ

王女さま、
今、入って
二人を—

どうするの!?
殺すの!?

…言い争いは
やめましょう

エレナもエドも
悪いことなんか
してない！

予言がまちがいかも
しれないわ！

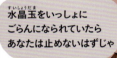

魔法集会でも
お聞きでしょう。
王女さまのお父上が
まず、ねらわれ—

ドン！

わあ！

え？

いたいぞ

〜エドの部屋〜

朝ご飯を食べたら少しねようね、カーロ

ねえ、エド！

いろいろと、大変だったよね、カーロ。

今度、あのドラゴンをさがしに行こう。

いちばんの友だちの君といっしょにね！

わ！モニカ！急にどうしたの!?

なんかかわいい

あやまってるの？

そうよ。おかしい？

いや

とつぜん、おじゃましたわ

さっきのこと、あやまりたくて。

エドたちを、うたがうようなことをいっちゃった…

…わたし、約束する。これからは信じる！

お願い、またきらいにならないで

ぼく、まったく気にしてないよ、モニカ

空飛ぶ岩までさがしに来てくれたし

今日はふつうの人になるための勉強の日

魔法はなし　　　　　　　　　呪いもなし

今のところ、クビになるような失敗はなし

魔法薬もなし—自力で自転車

午後2時

午後3時

魔法を使わないで—自力でそうじ

アクシデントを魔法でよけない

午後4時

午後6時

ひとことでいうと「魔法はなし」

午後8時

9章 舞踏会に向けて

10章 それぞれの思い

みとめてくれるのが、うれしかった

マスターの自まんになりたかった…

でも、何をやってもダメだった

自まんの弟子に

なりたかった
だけなのに

うまく
いかなかった

みじめだった

自分の気持ちを
ふうじこめた

魔法使いの
二人のことも
きらいだ…

エレナのことは
知れば知るほど
そう思えなかったけど

不器用
だけど
かわいい

でも
エドは…

目ざわりだった

おいらが
ほしいものを
全部持ってた

何でも
かんたんに
やってのけた

いつも見せびらかす。
たえられなかった

最悪なのは…

あいつが
おいらをしたってきた、
尊敬してきたことだ

友だちと遊ぶの？

いっしょに
行っていい？

マスターも、
友だちもうばわれる
なんてかんべんだ

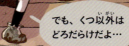

ええ、わからないわ。わたしもしばらくるすにしていてお城にもどったばかりなの

知らなかったよ、モニカ

ぼくらは、ウィリアムやほかの王子たちと牢にとじこめられていたんだ。

なんとかにげたけど、ウィリアムは、残ってるみんなを助けようと、ドラゴンに乗ってもどったよ

ドラゴンに乗ったって？

まあ、ドラゴンに連れていかれたといったほうが正しいかな！

まあ、モニカが元気でよかった！

ウィリアムはもどるわ。

絶対に。

もし、もどらなければ見つかるまでわたしがさがす！

ウィリアムがもどらなかったら、ぼくと結婚はどう？

そしてウィリアムと結婚するの。代わりはいない

もう失礼するわ

14章 だれが悪者か？

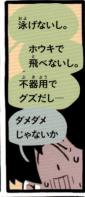

みんなを守る

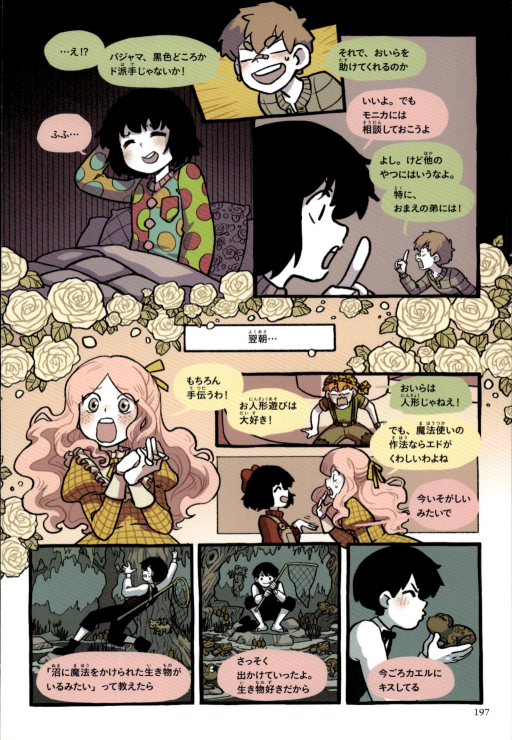

その夜おそく…

魔法道具と、ふしぎな生物

物語に登場している、
魔法道具や生物を紹介します。

魔法道具

つえ
小さなものや、長いものなど、形や長さはさまざま。

ホウキ
空を飛ぶための道具。使いこなすには技術が必要。

魔法薬
さまざまな材料を組みあわせて作ることが多い。

魔法本
魔法薬の本からのろいの本まで、種類はさまざま。

水晶玉
ペンドラゴンなどが、未来をうらなう時に使う。

ふしぎな生物

カエルのような生物
エドはあいぼうとして「カーロ」と名づける。つばさを持ち、空を飛べる。

ドラゴン
多くが、空飛ぶ岩で育てられていたと考えられる。氷の魔法に弱い。

訳者の言葉

　お待たせした2巻、いかがでしたか？　作者のミリアムさんはスペインの作家で、ところどころにヨーロッパのおとぎ話やファンタジーから着想を得たのかなと思うところがいくつもあります。ああ、この話と似ているという感覚になった読者もいることでしょう。

　主人公のふたごたちに加えて新しい人物や魔法界の生物がいろいろ登場していますが、あなたはどれにひかれましたか？　わたしは、人物では、エリック。魔法界の生物ではドラゴンでした。ドラゴンがあらわれた時はどうなるかと思ったら、そういうつながりだったのかとおどろきました。物語はさらにそれぞれの立場によって思惑があり、かんたんには平和な終わり方ができない展開になっていきます。

　3巻目もお楽しみに！

中井はるの

ふたごの魔法使い ③

エドやエレナたちは、森へのがれる。ウィリアム王子をさがしだし、魔法使いと人間の戦いも終わらせたいと考えているが──。一方、エリックも動きはじめる。　※せりふの内容は変更する場合があります。

── お楽しみに！

［原作］**ミリアム・ボナストレ・トゥール**
バルセロナ近郊の小さな町で生まれ、歩けるようになる前から、滑らかな面を見つけると落書きをしていた。バルセロナのエスコーラ・ヨソ・センター・フォー・コミックス＆ビジュアル・アーツでコミックを学ぶ。スペイン語で多くのコミックを描き、現在はアニメーション分野でキャラクターデザイナーとして働く。スペイン在住。

［訳］**中井はるの**
子どもの本に可能性を感じ、児童書翻訳をはじめる。『木の葉のホームワーク』（講談社）で第60回産経児童出版文化賞翻訳作品賞を受賞。翻訳作品に「グレッグのダメ日記」シリーズ（ポプラ社）、「ワンダー」シリーズ（ほるぷ出版）、『難民になったねこ クンクーシュ』（かもがわ出版）、『ビアトリクス・ポター物語：ピーターラビットと自然を守った人』（化学同人）他多数。

ふたごの魔法使い ②
空飛ぶ岩とドラゴン
2025年4月1日　第1刷発行

［原作］**ミリアム・ボナストレ・トゥール**
［訳］**中井はるの**
［デザイン］**SAVA DESIGN**
［書き文字］**城咲 綾**

［発行人］川畑 勝
［編集人］高尾俊太郎
［企画編集］松山明代
［翻訳協力］冬木恵子
［編集協力］上埜真紀子　川勝愛子　青山鈴子　甲原海璃
［DTP］株式会社アド・クレール
［発行所］**株式会社Gakken**
　〒141-8416 東京都品川区西五反田2-11-8
［印刷所］TOPPANクロレ株式会社

この本に関する各種お問い合わせ先
▶本の内容については　下記サイトのお問い合わせフォームよりお願いします。
　https://www.corp-gakken.co.jp/contact/
▶在庫については　Tel：03-6431-1197（販売部）
▶不良品（落丁、乱丁）については　Tel：0570-000577
　学研業務センター　〒354-0045 埼玉県入間郡三芳町上富279-1
▶上記以外のお問い合わせは、Tel：0570-056-710（学研グループ 総合案内）

NDC 933.7　208P
© Haruno Nakai 2025 Printed in Japan
本書は、Webtoonで掲載された「Hooky」の紙出版本を日本語版にしたものです。原作から、タイトルや一部登場人物名、表記等を調整しています。
本書の無断転載、複製、複写（コピー）、翻訳を禁じます。
本書を代行業者等の第三者に依頼してスキャンやデジタル化することは、たとえ個人や家庭内の利用であっても、著作権法上、認められておりません。
複写（コピー）をご希望の場合は、下記までご連絡ください。
日本複製権センター　https://jrrc.or.jp/　E-mail:jrrc_info@jrrc.or.jp
R〈日本複製権センター委託出版物〉
学研グループの書籍・雑誌についての新刊情報・詳細情報は、下記をご覧ください。
学研出版サイト　https://hon.gakken.jp/